해바라기 뒤통수를 봤다

마이노리티시선49

해바라기 뒤통수를 봤다

지은이 조문경
펴낸이 조정환
책임운영 신은주
편집부 김정연
표지 디자인 조문영
홍보 김하은
프리뷰 표광소

펴낸곳 도서출판 갈무리 등록일 1994. 3. 3. 등록번호 제17-0161호
인쇄 2017년 6월 12일 발행 2017년 6월 16일
종이 화인페이퍼 인쇄 예원프린팅 제본 은정제책

주소 서울 마포구 동교로 18길 9-13 [서교동 464-56]
전화 02-325-1485 팩스 02-325-1407
website http://galmuri.co.kr e-mail galmuri94@gmail.com

ISBN 978-89-6195-163-0 04810 / 978-89-86114-26-3 (세트)

값 7,000원

이 도서의 국립중앙도서관 출판시도서목록(CIP)은 서지정보유통지원시스템 홈페이지(http://seoji.nl.go.kr)와 국가자료공동목록시스템(http://www.nl.go.kr/kolisnet)에서 이용하실 수 있습니다.
(CIP제어번호 : CIP2017010480)

해바라기 뒤통수를 봤다

조문경 시집

갈무리

自序

고백컨대
혼자 어머니의 임종을 지키면서도 시를 생각했다
천하의 나쁜 딸처럼
시를 낳았다
시는 원죄原罪 같다
슬프다는 말도 죄스러웠다
어머니 가신 그 길에 이 시집을 바친다

차례

自序

제1부

13 환풍기 빛처럼
14 소사나무숲
15 피나물 꽃 보거들랑
16 우리는 다 배우다
17 목련
18 우아함에 대해
19 배를 깎다가
20 소리쟁이
21 한마디가
22 길은 많지 않다
23 벚꽃이 진다고 말할 때 실은 피고 있는 것이다
24 생의 한가운데
25 당신 생각
26 봄 흙
27 낮에 본 모든 것을 잊으시라
28 느다시 뿌리
29 굴업도 성당
30 春似不來春

제2부

너의 가시를 존중하다 33
해바라기의 뒤통수를 봤다 34
늘 일출이신 35
사람 사는 곳은 어디나 비슷하다 36
에곤 쉴레의 화보를 보다가 37
에곤 쉴레의 성행위 그림을 보다가 38
큰까치수염 39
불두화애벌레 40
마른장마 41
구절초 42
물방울, 그 휘황한 세계란 43
소금쟁이 독경 44
함박꽃 45
시장 뒷골목 46
재채기하는 사람을 흉내 내보라 47
유난스러움에 어떻게 까닭을 물을 수 있으랴 48
동백꽃이 가장 붉을 때 지는 이유 49
유리집 여자 50
산부추꽃 51

제3부

54 어떤 고백
55 호박 속, 궁전
56 적막도 누군가는 밀고 있을 것이다
57 과연 개가 풀 뜯어먹는 인생론일까?
58 분수가 놀다
59 가을, 물들다
60 바람이 예쁘다고 느끼기는 처음이다
61 가을볕이 오는 곳
62 추분
63 백양사 단풍
64 숟가락의 관능을 생각했다
65 둘째가 걸리는가보다
66 단풍은 시작되었다
67 너는 그런 줄로만 알아라
68 생의 유혹
69 물맛
70 해시계
71 메론 껍질을 보다가
72 세상에서 제일 큰 굴 껍데기

제4부

겨울 수사학 75
목욕탕 풍속화 76
쓰레기통 속의 음식물을 보며 78
겨울 능선은 살아 있는 짐승이다 79
커피 잔을 놓치다 80
기도 81
다 이럴까 82
억새 83
그 수컷이 있던 풍경 84
입추 85
웃음에 대해 86
눈깔땡보가 놀러와서 87
다랑이 논 88
12월의 벌을 위해 90
집채만 한 벌을 보았던 날 91
그 단맛 92
뭉특한 시 93
벚꽃, 승천 94
지극한 안부 95

발문·어둠이 굽이치는 운동성과 즐거움 (최희철 시인) 96

제1부

환풍기 빛처럼
소사나무숲
피나물 꽃 보거들랑
우리는 다 배우다
목련
우아함에 대해
배를 깎다가
소리쟁이
한마디가
길은 많지 않다
벚꽃이 진다고 말할 때 실은 피고 있는 것이다
생의 한가운데
당신 생각
봄 흙
낮에 본 모든 것을 잊으시라
느다시 뿌리
굴업도 성당
春似不來春

환풍기 빛처럼

대중목욕탕이다
여자의 어깨에서부터 발가락까지
움직임에 따라 빛이 뱅글뱅글 돌아간다
천정 가까이 있는 환풍기 틈으로 들어와
바람개비 문양으로
노니는 빛의 춤
여자가 일어나자
빛이 엉덩이에 닿아 돌아간다

그 빛
그 부위
뚫어 낼 듯한
숨가쁜 빛남

빛도 아니고 몸도 아닌
그 사이
音律

소사나무숲

소사나무 방풍림防風林에 들면
바닷바람도 길을 잃었을 것이다

구불텅구불텅 마치 살아 움직이듯
백오십 년 동안 바람의 성정으로 바람을 이긴
나무의 결과 가지의 흐름은
역동적이다 못해
몽환적이기까지 하다

누군가 음산한 기운이 느껴진다고 말하기도 하지만
바다와 뭍의 경계에 서서
둘을 통째로 사랑해버린
휘몰아치고
휘어지고
대담하게 오르기도 한
곡선의 격정

소사나무 방풍림防風林에 들면
바닷바람도 순해져 사랑에 들었을 것이다

피나물 꽃 보거들랑

— 세월호 아이들에게

고요한 계곡을 걷다가
노랑 피나물 꽃 보거들랑

지독한 외면外面 그 뒤에서
울먹울먹 조용히 터져 나온
노랑 보시거들랑

하나하나 한없이 보드랍고 순하고
꽃술까지 노오란
앳된 웃음 보거들랑

사월 어느 날 입 벙그러져 소풍 떠났던 노랑 꽃들 생각하시게
어쩌자고 이름도 피나물인 저-
소리 없는 외침

우리는 다 배우다

어머니는 초상이 날 때마다 내 손을 잡고 갔다 놀다가도 재 너머까지 가곤 했는데 초상집 누구네냐 물어도 그냥 따라오기나 하라며 발길을 재촉했다 어머니 대문에 들어서자마자 아이고 아이고 하며 구성지게 곡을 하셨다 옆 사람도 눈물을 자아내게 하는 어머니의 곡소리였다 친척집도 아니고 아는 사람도 없었다 왜 그리 슬피 우는지 알 수가 없었다 누가 죽었는지 알지 못했다 그리 슬프게 곡을 하다가 고개를 돌려 빨리 먹으라고 나만 듣게 눈짓을 하셨다 한참이나 곡을 하며 울다가 고개를 돌려 살짝 웃으며 많이 먹었냐며 소곤댄다

그때 바뀌던 어머니의 표정이 지금도 생생하다는
그 슬픈 끼를 이어받았다는
어느 중년 배우의 고백을 듣다가

우리는 늘 제 기쁨을 위해 울기도 하고 웃기도 하는
모두가 배우라는 생각을 한다, 역만 달랐을 뿐

목련

젊은 수녀처럼
봄을 가둔 목련
제 빛깔 너머를 향한
팽팽한
딴딴한
저 침묵은

사랑을
사랑하는
오호라 사랑은 가두는 힘

어느날
흰 빛 째
무너질지라도

* 소설가 이찬옥 씨가 벚꽃과 목련 사진을 올리며 '봄을 가두다'고 말했다.

우아함에 대해

섬찟했다
바로 옆
붉고 검은 뱀

스르륵
모든 시선을 끌고
가는 것이 아니라 뚫고
뚫는 것이 아니라 정적을 창조하며

사라진다
휘어졌던 공간
탁! 풀린다

만지지 않았어도 온몸에 남는
검고 붉었던
뱀 등 비늘
우아함이여

배를 깎다가

껍질과 속은 분명 다르다
하지만 속과 붙어있어
어디부터가 껍질인지 딱히 나눠지지 않는다
경계란 너무 임의적이라고 생각했지만
어떻든 다름이 속을 감싸고 있었던 것
칼을 대자 과즙이 탁 튄다
칼이 들어가자 손으로 과즙이 흘러내린다
깎여 나가는 껍질이 필사적으로 감싸
하늘에 매달았을 씨앗의 양식
귀퉁이를 조금 잘라 맛을 보니 꿀이다
과육을 잘라 접시에 담아 내가고
무심코 본 껍질-
열 달을 채우고 아이가 빠져나온 배처럼 흐물흐물하다
씨앗의 발길질을 담았을 때
껍질의 생애는 단단하다
결연해 보인다고 해도 맞다

소리쟁이

하수구 수로에
아이들 키만 한 풀이 가득 찼다
톱날 모양의 잎도 길쭉
줄기도 새로 줄이 쭉쭉
강인한 군인들 같다
왜 하필 하수 수로일까 생각했지만
살 수 있는 곳에서만 살 것이다
나에겐 냄새나고 더러운 습지에
제 태를 댄 채 뿌리를 만들고
쭉쭉 제 하늘을 밀어 올렸을 줄기
생의 비밀은 의문을 갖는 것이 아니라
의문이 일어나지 않게
살아버리는 것일까
삶은 늘 축축했지만
더욱 진초록으로 부딪치며
더 강렬하게

한마디가

누워만 계시던 어머니가
말을 잊었다
딱 한마디 할 줄 아는 말이 '중우'다
(그게 무엇을 뜻하는 말인지 나는 알지 못한다)
처음엔 그저 답답했다
그 소리가 뭐냐고 다그치면
어머니는 그마저 닫으신다
그렇게 몇 달이 되자
'중우'는 모든 말이 되었다
어머님이 '중우'하시면
내가 아들을 말하는 거냐 물으면 고개를 끄덕이고
밥 먹고 싶다는 말이냐면 눈을 꿈벅거린다
마치 아기가 한마디만 할 때도
그 어머니가 다 알아듣듯이
어머니에게는 '중우'가 모든 말이다
때로는 말이 없어도
더 깊이 아는 관계가 있다

어머니가 '중우'하자
어머니를 일으켜 지금 화장실을 가고 있다, 나는

길은 많지 않다

여학교에 보내 달라고 했다
돈이 없다
길은 딱 한 가지
돼지우리에 가서 열심히 절하란다
그 말 떨어지기 무섭게
아침저녁으로 절했다 진짜!
돼지를 기른 이후로 17마리라는 최고 많은 새끼를 얻었고
고등학교 졸업했다

어이없게도
진짜
내가 지금- 할 수 있는 일은 늘
딱 하나다

벚꽃이 진다고 말할 때 실은 피고 있는 것이다

베란다 창밖이 어룽거린다
내다보니 벚꽃 군무
하늘로 솟구치고 빙빙 돌기도 하고
고요하게 팔랑이며
빛의 숨결로 떨어지기도 한다
정신을 쏘옥 빼 가는
저 허공의 꽃
아니 찰나의 꽃
집을 나와 보니 배수로 쪽으로 미답未踏, 연분홍 꽃길
맨홀 속에 벚꽃이 가득하다
오, 맨홀을 가득 채워
화병으로 바꿔버린 벚꽃이여!
자동차 앞 유리창에도 꽃잎이 붙어있는데
꽃의 속살 눈부시다
눈부시다 속살 번지는 분홍빛
황홀해진 나는 까마득한 소녀가 되었으니
적는다, 그 꽃잎 엽서에

벚꽃은 지는 것이 아니라
벚꽃 나무를 떠나 당신의 꽃으로 피는 것이라고

생의 한가운데

모시에 치자물 들인다

이 고비만 넘기면 된다는 어머니 혼잣말

그때 큰아들은 병원에 작은아들은 사채이자에-

햇살조차 치자 빛 든다

이 고비만 넘기면 된다

당신 생각

눈 동그랗게 뜨고
어떻게 치자는 저렇게 꽃을 피웠을까 생각하지만

생각이 꼭
답을 향하는 것만은 아니어서
흰빛 더하고
점점 향기 더해져

생각도
미색으로
떨어지자

당신 생각

봄 흙

팍 부스러진다
손가락 사이로 흘러내린다
백설기를 만들려고 빻아놓은
파슬파슬 쌀가루 같다
한 시절 죽고 못 살 것처럼 엉켜 있었을
자잘한 돌멩이도 반짝이던 유리 파편도
맥없이 떨어져나간다
겨울햇살은 멀리서 보면 차갑지만
그래도 따스했던 것
겨울바람은 모난 것 같지만
깊은 곳은 부드러웠던 것
땡땡하게 얼어 있던 흙은 알고 있었던 것일까
새로운 사랑을 위해서는 겨울에게도
자신을 다 내어 주어야 한다는 것을
습기는 바람을 따라가고
햇살에게 몸과 마음을 줘버려야 한다는 것을
초록 얼룩이 남은
마른 흙냄새 훅 끼친다

낮에 본 모든 것을 잊으시라

조그마한 섬
붉게 물들다가 순식간
어두워질 때

낮에 본 모든 것을 잊으시라
황홀하게 물든다는 것은
오늘에 눈멀어 내일로 가는
제의祭儀 같은 것

삶이 삶을 건너는 매듭

어둠에 덮여서도 거대한 짐승처럼 파도는 출렁이고
내일로 가고 있다
섬은

느다시 뿌리

느다시 뿌리 수크렁 위로
놀 지고
붉은 빛 일고

느다시는 해가 늦게까지 지지 않는 곳이고
느다시 뿌리는 늦도록 해를 보는 서쪽 끝 언덕이라고 한다
놀빛이 마지막 닿는 곳

눈 감고 느다시 뿌리라고 외우면
내 몸 어디에
거룩한 입맞춤으로 사라진
느다시 뿌리 있는 듯하다

황홀과
깊은 암전暗轉의

굴업도 성당

여덟 가구 산다
성수聖水 통엔 마른 자갈만 몇 개
창으로 들어오는 햇살
유일한 신자다
일요일도
오래-
不在中

세상에서 가장 한가하신
하느님 산다

春似不來春

나이트클럽에서 부킹한 남자와 술이 거나해져 그 남자 차를 타고 가면서 술김에 돈도 없이 혼자 사는 이혼녀라 말하게 되었는데 모텔 앞에서 차를 돌리더란다

봄 나올 구멍이 아니라서

제2부

너의 가시를 존중하다
해바라기의 뒤통수를 봤다
늘 일출이신
사람 사는 곳은 어디나 비슷하다
에곤 쉴레의 화보를 보다가
에곤 쉴레의 성행위 그림을 보다가
큰까치수염
불두화애벌레
마른장마
구절초
물방울, 그 휘황한 세계란
소금쟁이 독경
함박꽃
시장 뒷골목
재채기하는 사람을 흉내 내보라
유난스러움에 어떻게 까닭을 물을 수 있으랴
동백꽃이 가장 붉을 때 지는 이유
유리집 여자
산부추꽃

너의 가시를 존중하다

날카로운 가시 하나
잎사귀 몇 개
가시보다 지름이 조금 큰
노란 탱자

가시의 공격성에 대한 편견만 버린다면
스스로를 수확하기 위한
단출하고 완벽한 자세다

모든 완성의 길에는
보이던 보이지 않던 가시가 있을 것
공격하는 자에게만
상처를 남기는

하지만 보라
가을이 와 떨어진 탱자에는
가시가 없다

해바라기의 뒤통수를 봤다

해바라기 뒤통수를 보았는가
뒷면을 보고 앞면을 떠올린다는 것이
불가능한 줄은 알지만
해바라기의 뒷모습은
뭔가를 단단히 틀어쥔
운명의 표정이 흐트러지지 않게
팽팽하게 당겨 묶은 초록 근육이다
포기를 모르는 고집스런 뒤통수를 연상시키기도 한다
그래서 황금꽃은 오랜 시간 표정 변화 없이
자신을 고지告知할 뿐인지도 모르겠다
이 세상과 함께 할 때 수없이 변하는 나의 표정
뒤통수 같은 것을 잃어버렸던 나에게
해바라기 뒷모습은 묻는다
삶의 방법이 아니라 존재 의미를

늘 일출이신

— 홍종명 그림 〈과수원 집 딸〉에 부쳐

광주리 가득
해 떠오르는데

머리에 이신 어머님 모습은 보이지 않고

붉은 젖줄기
내 뺨에 닿아라

단
빛

사람 사는 곳은 어디나 비슷하다

호주 멜본에 갔을 때였다
재래식 시장
비는 부슬부슬 내리는데
후라이팬 파는 한국 여자가 눈에 띄었다
여느 장사꾼과 달리 반듯한 차림에
굉장히 이지적으로 보였다
동행하던 사람의 말에 의하면
여자가 젊었을 때 성공한 교민 사업가와
눈이 맞아 본처를 밀고 들어갔는데
그 후로 갑자기 망해서
저렇게 후라이팬을 십 년째 판다고
그래도 교민사회에서는 알아주는 금슬 좋은 부부라고
실제로 그 옆에 있는 남편을 보니
낙천적이라 할 만큼 웃는 얼굴이었다
밖에 비는 부슬부슬 내리고
내가 마치 한국 어느 재래시장에 와
어느 상점 여주인 이야기를 듣는 것 같았다
시장 옆 야라yarra강은 흘러가고
사람 사는 곳은 어디나 비슷하다
커피집을 나서려고 막 일어서는데
삐걱거리는 의자 소리
언제가 와 본 듯 했다, 이 집도

에곤 쉴레의 화보를 보다가

몸은
성기性器로 모여든다

괴기스럽기까지 한 표정과 몸의 선들
분절된 듯한 손과 발
나무의 나이테 같게 그린 다리
내장이 훤히 들여다보이게 그려진 배
그 모든 선들이
외부를 만들며
성기를 맴돌고 있다

사랑하는 장면에서도
열락과 환희는 그 어디에도 없다

그렇다고 그 장면이 수치스럽지도 않다
허위의식을 다 벗겨낸 새로운 인간 같다는 말도 사치스럽게
발가벗겨진 몸은
성기를 떠돌 뿐이다

내 안과 밖도

에곤 쉴레의 성행위 그림을 보다가

성행위 그림인데
외려 낭만이나 외설猥褻같은
모든 문명적 상상이 사라진다

다만 선과 선이 겹친다
보이지 않는 성기로부터
파열되듯 남녀가 나왔으나
결코 표정이라고 할 수 없는
몸통 두 개다

어쩌면 성별이란 선의 뒤엉킴에서
진화進化되듯 떨어져 나온 것일지도 모른다
선 밖의 허공이 두려워
자기 증식을 하던 선들이 분리를 선택했다면
분리된 몸의 불안이 다시 표정 없이
되찾아가는

선들의 엉킴이
성행위일지도 모른다
한 몸 어딘가에도 저 단순한 선들
들 끓겠다

큰까치수염

여자가 막 달려가다가 일시에 굳어버렸다고 하자
머리카락 모양이 출렁이는 원뿔처럼 되었다고 하자
그 원뿔 모양에 조그마한 흰 꽃들이 촘촘히 붙어 있다고 하자
그런 원뿔 꽃이 일제히 한쪽 방향으로 무리지어 굽이치고 있다고 하자
바람이 없어도 한쪽에서 불어오는 바람을 보게 되리라
와양 인형극에서 끊임없이 서로를 찾아 헤매는 연인의 머리칼 모양처럼
운명이 오는 쪽을

불두화애벌레*

탐스런 흰 솜사탕 질감의
어떻게 보면 산호초 같기도 한
살랑거리는
하느작거리는
흰 꽃이
불두화 나뭇잎 뒷면에 숨어서
하, 숨어서 피었다면
호기심에서라도 이파리를 뒤집어
그 꽃을 보려 하지 않겠는가

한데 그때 그 새하얀 꽃이 꿈틀거리며 움직인다면
얼마나 놀라겠는가
꽃이 움직인다고
경악할 것이다

이윽고 흰 꽃송이가 애벌레임을 알게 되는 순간
너는 말하게 될 것이다
때론 살기 위해
흰 꽃으로 위장하여
천적天敵 앞을 지나갔음을, 나 또한

* 불두화애벌레는 현무잎벌애벌레로 주로 불두화에 산다.

마른장마

아들 기르다 이런 일 있지요
사고를 쳤는데 이놈이 입을 다문 거예요
눈도 슬슬 피하고
물어도 고개만 푹 숙이고 묵묵부답
방에서 끌고 나와도 반쯤 비껴 서 있고
빗자루로 엉덩이를 쳐도
무표정으로 서 있고
냅다 소리를 질러도 아, 환장하죠
잘못했다는 한마디만 해도 끝날
흐리고 무덥고 도대체
아무것도 흐르지 않는 며칠
그 후에 알게 되죠 이럴 땐
시간아 빨리 가라 해야 한다는 걸

구절초

남의 집에 얹혀서 첫 직장생활 할 때
사랑니 빼고 갑자기 슬퍼져
솜을 문 채
2시간 시외버스 타고
내려온 집

어머니 안 계시고

물고 있던 솜을 툭 뱉었을 때
온 몸
텅 빈
허전함 같은 것

다시 서울 가려 나오던 길
여기저기 하얗게- 하얗게- 하얗던-

물방울, 그 휘황한 세계란

식당에 앉아 음식 나오기만 기다리는데
네 살쯤 된 아이가 컵에 젓가락을 담궈
물방울을 숟가락에 똑똑 떨어뜨린다
신중하다
몇 군데 떨어진 물방울을 꽃이야 하며 보여 주곤
입으로 쏙 넣어 없애버리더니 이번에도
신중하다
이것은 집이야 이것은 강아지야
보여 주며 까르륵 웃는다
아이는 물방울을 다 다르게 떨어뜨리는 것이다
아이는 물방울에 다 다른 사물을 넣은 것이다
저 찬란한 힘!

언제부턴가 나는
똑같은 물방울만 보며 살았다

소금쟁이 독경讀經

고요한 웅덩이

소금쟁이 한 마리 점자點字를 읽는다

파란 하늘도

잔잔히 따라 읽다

환한 여름 속살 한 장

바닥에 가라앉고

다시 건너뛴다

함박꽃

박하사탕 같기도 한
초록 이파리 속 옥빛 도는 흰 봉우리 똑 따다가
마고자 단추로 썼으면

시장 뒷골목

거기 살았던 것만으로도
질 나쁜 아이가 되던 풍경은
파장 무렵부터 시작된다
화문석과 인삼 판 돈들이
골목으로 들어오고
알전구 불빛이 번들거렸다
신식 머리를 한 술집 언니들은 더 예뻐진다
엄마는 밤에는 나가지 말라고 했지만
술집 창문을 훔쳐보다가 낄낄대며 도망간다
취객이 공중화장실을 갈 때도
언니들은 팔짱을 끼고 따라갔고
도망갈까 봐 그런다는 것을 얼풋 알았다
밤이 깊어 잠자리에 들 때쯤이면
휴가 나온 군인들 싸우는 소리
취객이 꽥꽥거리는 소리
착착착 헌병들의 규칙적인 군홧발 소리가 들렸고
세상의 절반은 그렇게 저물었다

재채기하는 사람을 흉내 내보라

우연찮게

재채기 하는 사람을 보았다

그 짧은 순간, 눈이 감기고 얼굴이 일그러지고 손발이 동시에 움찔하며 발끝에서 머리끝까지 움직이며 침과 콧물이 튀어나온다

너무 신기하여 정밀하게 하나하나 점검하듯

흉내를 내보려 했지만

재현再現이라고?

생각은 아무것도 모른다

너에게 걸어간 한 발자국에 대해서도

유난스러움에 어떻게 까닭을 물을 수 있으랴

지붕 낮게 내려앉은 마당
늙어 쪼그라든 91살 시고모님
감나무 아래 평상에 납작 붙어 있다
고모 하고 부르며 남편이 마당으로 들어가자
아갸 누꼬 하시며 울음보를 터뜨린다
일시에 매미떼 소리 뚝 그치고
노환으로 가끔 정신이 들락날락 한다는 시고모
다른 집 조카들이 다녀갔을 때는 저렇지 않았는데 친정 장조카가 오니
유독 눈물바람에도 저렇게 기뻐하신다고
그녀의 딸들이 말했다
작년보다 더 유난스럽다고

동백꽃이 가장 붉을 때 지는 이유

내 귀에
며칠 째 불편한 소리가 들린다
벌 소리 같기도 맥박 소리 같기도
어떤 때는 수돗물 소리 같기도 한데
신경이 쓰이다 고통스러웠다
마음이 고요해지면 더 크게 들린다
그러다 말겠지 하다가
결국 병원에 갔다
검사를 해봐야 알겠지만
달팽이관의 문제이든 어떻든
귀 안의 소리 이를 테면 혈행血行 소리 등이
엉켜서 만들어내는 복합소리라고 한다
정상적인 몸이라면 듣지 말아야 할
소리를 듣게 되어서라고
귀가 있어야만 다른 소리를 들을 수 있지만
귀가 귀 자체의 소리는 듣지 못해야 한다는 말-
동백꽃도 가장 붉을 때 낙화하는 까닭을
결코 듣지 못할 것이다

유리집 여자

어느 놈이 돌을 던졌는지
두렁에 올라앉은 늙은 호박이 반쯤 깨졌다

한 달이 가지 못했다
사흘이 멀다 하고 유리 깨지는 소리
눈두덩 시퍼런 얼굴로
깨진 유리조각을 쓸던 여자
첫 번째 사별하고 두 번째 결혼도 실패
팔에 문신이 있던 남자가 세 번째였는데
도통 나아지는 게 없다
동네 사람들은 혼자 살지 저러고 싶냐고
수군거렸지만 이틀이 지나면
아무렇지도 않게 가게를 열고
유리들을 깨끗이 닦았다
아이들에게 아버지를 만들어 주고 싶다는 게 이유다
아이들에게 아버지를 만들어 주고 싶다는 게 이유다
그 남자도 나가고 그럼에도 불구하고
그녀는 열심히 유리 가게를 열고
네 번째 살림을 차렸다고 했다

산부추꽃

가는 대궁 끝
흩어질 듯 매달린 보라
산부추꽃

아침에 이고 지고 들고
행상 나가신 엄마
운 좋게 다 팔고 집에 들어설 때
흔들리던 허리 같고
달려드는 날 기다리며 잠깐 서서 웃으시던
그 눈웃음 같고
그날 밤 주무실 때
너무 힘이 들어 단내 풍기던 엄마 목 아래
보라색으로 죽어가던
땀띠 자국 같고
그 여덟 살 내 손가락으로
만지는 것 같아
서럽던

산부추꽃 벼랑에
나 두고 왔네

제3부

어떤 고백
호박 속, 궁전
적막도 누군가는 밀고 있을 것이다
과연 개가 풀 뜯어먹는 인생론일까?
분수가 놀다
가을, 물들다
바람이 예쁘다고 느끼기는 처음이다
가을볕이 오는 곳
추분
백양사 단풍
숟가락의 관능을 생각했다
둘째가 걸리는가보다
단풍은 시작되었다
너는 그런 줄로만 알아라
생의 유혹
물맛
해시계
메론 껍질을 보다가
세상에서 제일 큰 굴 껍데기

어떤 고백

― 겨우살이를 보며

멀리서 보면
앙상한 가지에 매달린
영락없는 까치집이다
다가가면 초록 이파리들의 덩어리고
더 자세히 보면 겨울임에도 그 자리에만 생명이 남은 듯 보이는
혹은 그 나무의 주민등록증
같기도 한
기생식물 겨우살이

겨울 나뭇가지에 저만 초록이어서
기생寄生 식물이었음을 남김없이 드러내는
저 고백 같은 시간
혹은 황홀한 최후진술

어느 시절
나 또한 너의 어깨에
떠나지 못한 깊고 푸른 입김으로 살았음을

호박 속, 궁전宮殿

호박을 잘랐다
절반은 비고
절반은 얽히고설킨 채
씨들을 묶고 있는 화려한 그물이다
꽉 찬 살에 씨앗이 생겼다면
호박은 팽창하여 빼그러졌을 것이지만
제 살을 내려가며 앉힌 씨앗
제 살을 내려 섬유질만 남긴
씨앗의 궁전
융숭하다는 것은 자기를 드러내는 것이 아니라
너를 지극함이 되도록 하는 공간이다
세상이 보는 늙은 호박과 호박이 만든 집안
무엇이 다를까 살아온 우리 삶 모두
꽃 피우는 자는 모두 저 호박 속
궁전을 가지고 있으리라

적막寂寞도 누군가는 밀고 있을 것이다

산책 할 때마다 보는 부부다
여자는 작은 배낭을 메고
모자를 푹 눌러쓰고도 마스크로 얼굴을 가렸다
남자는 팔이 돌아갔고 다리도 한쪽이 마비된 듯
등을 밀어야만 한 발자국씩 움직인다
한 번 밀고 쉬고를 반복한다
나이도 그리 많지 않은 것 같은데
기억으로는 삼 년 전부터 본 것 같은데
나아지는 것 같지도 않다
추워진 오늘은 그이들만 있었다
집에 돌아오니 그냥 적막했다

과연 개가 풀 뜯어먹는 인생론일까?

이제 막 중학교 졸업한 놈에게
소감을 물으니
수학시간에 꼿꼿이 앉아 한잠 자고 눈을 떠보니
3년이 갔더라며

인생, 하며
히죽 웃는다

분수가 놀다

10분마다 뿜어대는 광화문 광장 분수대
물이 솟구치자 기다렸던 아이들 함성을 지르며 뛰어들어간다
순식간에 뒤섞인 아이들과 분수

분수를 발로 밟아 옆으로 삐쳐 나오는 물로 친구에게 물벼락을 주기도 하고, 물줄기를 손으로 막아 원하는 물줄기 모양을 만들기도 하고, 드러눕기도 하고 이리 뛰고 저리 뛰며 물놀이장으로 변한다, 그때 한 남자아이가 엉덩이 뒤로 쭈욱 빼 솟는 물줄기에 똥꼬를 갖다대니 물줄기가 쫙 펴져 부채모양을 만든다. 어느 아이 입에선가 '물 부채'라는 소리가 솟구치고 순식간에 모두 같은 동작으로 이십여 개의 물 부채를 만든다

정신 하나 없이 시끄럽고 즐거우면서
갑자기 하나를 만들어내고 다시 각자가 되는 놀이

아이에게 분수는 더 이상 고독한 영혼이 아니다
와-, 분수들이 아이 속으로 뛰어든다

가을, 물들다

사로잡지도 않고
싫은 것도 없이
분명하지도 흐릿하지도 않게
꼭 모르는 말도 아니면서
익숙하지도 않은
바람이 낸 파문처럼 딱히 근거도 없이
뭔가 흘러가면서 붙잡을 수 없는
오래된 영화 장면처럼 혹은
평범한 이야기의 도입부처럼
묘한, 깊이 없는 표면만으로
다섯 시와 여섯 시 사이의 明暗으로
가을, 미세하게 늙다
네 얼굴처럼

바람이 예쁘다고 느끼기는 처음이다

바람의 결구結球처럼
감 익고
까치와 새들이 쪼아 먹고
한가한 시간엔 호박벌도 앉으리라

지금 막 바람은
노랑에서 주황으로 빨강으로 가는
이파리 된다

바람이 없다면 이 모든 게 무의미해지리라

하여 감나무도 밑동부터 꼭대기까지
아무것도 감추지 않고 자기를 드러내는 것이다
신의 손길 같은 바람 속에

가을볕이 오는 곳

보따리 장사가
무슨 말인지 몰랐다
자고나면 엄마가 없어
울며불며 한없이 뛰어가던
신작로

쏟아졌다
백반가루 같은
신기하게 만져보던 엄마 속치마 같은
어젯밤 나만 먹었던 보리밥 위에 살짝 얹힌 그 흰밥 같은
햇살

내 목구멍에
다 들어찰 때까지
걷고 걸었던

그 신작로에서
가을볕 온다

추분秋分

정성스럽게 화장을 하고 나갔는데
그녀가 말했다
화장 좀 하고 나오지

슬그머니 화장실로 가 거울 본다
익숙하지만
뭔가 낯선

이제부터
낮이 짧아지며
혀, 붉어지리라

저만 아는
농담濃淡으로

백양사 단풍

단풍 보러 가
미어터지는 사람들만 보며
백양사로 내려오다가
보았으니

아직 내려가지 못한 것인가
내려가다가 돌아보는 것인가
오호라 몸통 반쯤 물에 담그고 계신
내장內藏
붉은 사내여

황홀하지 못하다면
또 어찌 올 수 있으랴
흔들리는
흔들리는

물 위
가을 한 체시여

숟가락의 관능을 생각했다

숟가락을 보다가
혼자 목덜미를 붉혔다
얼굴이 비치도록 반질반질 얇은 쇠붙이
생각해 보니 하루에 세 번씩
내 입 속을 드나든 것이다
한 번도 의식되지 않은 채
참으로 숟가락은 관심 밖이었다
그릇도 몇 년에 한 번씩 바꾸면서
정작 내 입술에 닿는 것은
바꾸지도 않은 것이다
그게 새삼 신기해 들여다보니
입술에 닳아버린 쇠의 표면에
내가 통째로 들어 있는 게 아닌가
오늘 처음으로 빈 숟가락을 입 속에 넣고
곡면에 입술을 밀착시켜 쓰윽 빼본다
(부드럽지만 의식된다는 것의 이 불편함)
매일 이리 관능적인 동작이
모두를 먹인 것이다

둘째가 걸리는가보다

정신이 혼미하다며
어머니가 지금부터 하는 말을 잘 들으란다
아침 잘 드시고 무슨 말씀이냐고 하니

돈 될 것은 없고
시골집 장꼬 방에 메주콩 있는 것은 둘째 메주 쑤라고 주고
반장 집에 쌀 한 가마니 덜 받았고
냉동실에 곰국이 남았고
항아리에 울콩 조금 있는 것은 너들 좋아하니
갔다 먹으면 된다
음- 그리고 망태에 무시 씨갑시를 꼭 챙기라
올해 무가 달고 시원하니 좋더라

그게 다냐고 하니
더 이상 말씀 없이 돌아누웠다

* 씨갑시 : 씨앗의 경상도 사투리

단풍은 시작되었다

손이 모자랐는지
덩치가 산만 한 남자
수돗가에 쪼그리고 앉아
설거지를 한다

세제 묻은 그릇을
옆 고무 대야에 던지듯 넣으며
투덜투덜 댄다

그릇을 가지러 온 아주 작은 여자가 깔깔 웃으며
붉은 입술로
뭐라고 조근조근 거리자
입 꼬리 싹 올라간다

다 알 것 같으면서도 누구도 모르는 저 말에
단풍은 장엄하게
산을 내려오기 시작했다

너는 그런 줄로만 알아라

매미가 허물을 벗고 껍질을 남겼다
만지니 부스러지는
어제의 네 기억

무엇이 순금 빛이던
너는 나를
그런 줄로만 알라

난 오늘 슬프고
기뻤던가
처절하게 울며 날았던가

생의 유혹

베란다 홈통
그 수채 구멍에
잎이 제법 큰 풀이 뿌리를 내렸다
보자마자 '생의 유혹'이라는 말이 떠올라
왜 그럴까 아무리 생각해도 이유는
모르겠다
그 지독한 초록 이파리
하루하루 자란다
매일 키 큰다
그래서 사진을 찍어 친구들에게 보여 주며
너는 무슨 생각이 드냐고 물었다
다 개념적이다
거기서 내 가슴을 꽝! 후려쳤던 그
풀이 아니다

나는 이 사진을 들고 풀 이름이 뭔지라도
알아야겠다
그 생의 유혹에 대해

물맛

긴 수술 끝내고
처음 입술 축일 때
좋은 꿈에서 깨어 마실 때
속 썩이는 아이 때문에 벌컥이며 먹을 때
달콤한 갈증을 씻어낼 때
생각해보니 물맛은 끝도 없다
입맛 없을 때 밥에 물 말아 넘길 때
물맛으로
살아났다 나는

설명해 보라고 하면
물맛, 어떻게 말할 수 있을까
나의 맛으로
네가 있다고 밖에

해시계

마루 끝자락에
해 그림자 걸리면
어머니는 들밥을 이고 나가셨다

툇마루 한 칸 두 칸
1시 2시

해와 일이
함께 살았다
들에 사는 것들이 모두

새들도
망초 꽃도
앞산의 배롱나무도
마당에 추자나무도
저만의 해시계에 깃들었다

메론 껍질을 보다가

메론을 얼핏 보면
고급스러운 구정 뜨개실로 뜬
그물망에 담긴 과일 같다
만져 봐도 실과 비슷한 질감인데
마치 산모의 부른 배 살갗이 터지듯
과육이 차오르면서 터지고
틈으로 진물이 배어나와
굳으면서 만들어낸 종횡무진 상처
상처가 묶고 있는 몸
뭔가를 품는다는 것은
뭔가를 기른다는 것은
자기를 깨뜨리고 붙이기를 반복하는 일일지 모른다
제 몸에 금을 내어 품는 사랑과
깨져서는 안 되기에 이어붙이는 책임감
그 사이에 귀중한 것은 들어찬다
그래선지 메론을 보고 있으면
수없이 금간 엄마의 몸이 떠오른다

세상에서 제일 큰 굴 껍데기

구부러져 머리가 갯벌에 닿다

허벅지까지 올라온 장화가 전부다

금방 쓰러질듯 하면서 굴 망태기를 둘러메다

그래도 납작하다

수평선 무겁다

삶에는 어떤 기교도 없다

제4부

겨울 수사학
목욕탕 풍속화
쓰레기통 속의 음식물을 보며
겨울 능선은 살아 있는 짐승이다
커피 잔을 놓치다
기도
다 이럴까
억새
그 수컷이 있던 풍경
입추
웃음에 대해
눈깔땡보가 놀러와서
다랑이 논
12월의 벌을 위해
집채만 한 벌을 보았던 날
그 단맛
뭉특한 시
벚꽃, 승천
지극한 안부

겨울 수사학

눈 덮인 운두령
간결하다

아무것도 붙잡지
않는
깡마른
나무

만약 이 눈 덮인 산에 나 혼자라고 생각해 봐라
농도가 이백 프로는 짙은 저 하늘과 이 바람 속에
내가 할 수 있는 생각이란 없을 것

빈 가지에서
하늘과 바람과 겨울이
불타는

저-
수사학修辭學

목욕탕 풍속화

오십 후반에서 육십을 넘어선
대여섯 명의 여자들이 탕 속에서
처음 똥배 나온 것에 대해 이야기하다가
발가락 장난을 시작했고
웃음보가 터진다
한 여자가 자기는 엉덩이만 만져봐도
연애를 얼마나 하는지 안다며 일어서 보라 하자
갑자기 엉덩이 선발대회다
자기 엉덩이에는 보조개가 있다며
한 여자 허리를 짚고 뒤태를 보이는데
정말 양쪽이 쏙 들어갔다
엉덩이를 만져보더니 보조개 값을 못하는구만 하자
목욕탕 구석구석 웃음으로 꽉 찬다
장난삼아 하나씩 일어나 엉덩이를 내밀었고
너는 가끔 하는 엉덩이 너는 아예 안 하는 엉덩이
그중에 살이 허옇고 푸짐한 여자를 만지더니
얘는 매일 하는 엉덩이다 하니
다들 깔깔대며 넘어 간다
둥그런 엉덩이들과 늙지 않는 웃음소리가
오래된 유화처럼 느껴지는 순간, 풍요란
다른 곳에 있었던 게 아니다
저 엉덩이들이 움직인 곳에

하나씩의 세상이 가득했을 것

쓰레기통 속의 음식물을 보며

왜 나는
얼어버린 음식물 쓰레기들이
사랑을 하고 있다고 감히 생각했을까

꽁꽁 얼었다
동태 대가리가 배추 쪼가리를 입 앞에 두고
더 이상 다가가지 못하고
무 조각이 양파와 들러붙지 못하고 생생하다
더웠더라면 서로 파고들며
부패지수를 높였을 진물들이
얼어서 만든 저 거리
얼어서 한 덩어리이면서 온전하게 있다는 것
어쩌면 저것들은 언 채로 처음이자 마지막으로 서로를
생생하게 보는 것인지 모른다
기괴한 상상일 수 있지만
순간, 부패라는 처절한 사랑을 멈춘 장면
얼음이 녹아내리면
다시 사랑을 시작할 것이다
지독한 냄새를 풍기며

겨울 능선은 살아 있는 짐승이다

상상하면 겨울 능선은
온몸을 웅크린 거대한 생명체일지도 모른다

어디에도 쉴 곳 없던
그는 스스로 몸을 웅크렸을 것
두 손의 깍지를 끼고
떨리는 몸을
최대한 안쪽으로
밀어 넣었을 것

있는 힘을 다해
힘을 주었을 때
온몸에 거대한 근육들이 융기했을 것
내가 며칠에 걸쳐 오르고 내려야 할
저 능선과 골

이 겨울 산의 나무들이
칼날 같은 바람에도
아무도 절망하지 않는 까닭은
그 자의 심장 소리를 듣기 때문이다

커피 잔을 놓치다

함부로 그랬던 것이 아니라
손이 곱아서였다
조심하려고 해도
차가운 바깥에 노출된 손 감각은
너를 계산하지 못한다
잘 구부려지지도 펴지지도 않는다
나는 따뜻한 네가 필요했고
습관적이었지만 손은 조악하게 움직였다
나도 안다 그럴 때는 손부터 녹여야 한다는 것을
손이 풀릴 때까지 기다려야 했다는 것을
하지만 한겨울 바깥에 서 있던 몸은
스스로 덥힐 수는 없는 것
나는 어제의 손으로 너를 만졌으나
오늘의 손이 너를 놓쳤다
커피 잔을 떨어뜨리는 순간에도
손은 뒤늦게 알았다
손이 곱아서

기도

그때, 나는 아무것도 할 수 없었네
인큐베이터에 들어가 있는 핏덩이를 보고만 있던 눈

젖이 퉁퉁 불어도
아무것도 할 수 없었네
아직 뭐라 부를 이름도 없던 아이를 보며
우물거리던 입

보지 못할 수도 있다는 말을

듣고만 있던 귀
내 모든 감각이 기도였던, 그때

다 이럴까

갑자기 혼자된
딸집에 오신 어머니
입에 붙은 혼잣말은 '다 이럴까'
걸레질을 하다가도 화장실에서 볼일을 보면서도

다 이럴까

할머니만 졸졸 따라다니던 어린 손자 녀석
그것을 맞받아
한 발로 추임을 넣듯 깨금발로 뛰며
다 이럴까 다 이럴까
깔깔 거린다

다 이럴까

억새

겨울바람 속에서
격조를 논할 수는 없겠지만

반듯하다
지적이다
흔들리면서
객쩍은 소리나
매무새 흐트러짐 없다
크게 휘청거리면서도
갈색의 깊이는
정갈하여

겨울 억새를 보는 일은
수도원에 들었을 때와 같다

그 수컷이 있던 풍경

마을에 두 여자와 사는 남자가 있다
이를 두고 말이 많기는 했지만 어쨌든
두 부인은 시장에서 장사를 하고
남자는 종일 자다가 저녁쯤 술값 받아 술 먹고
밤일 잘하는 것이 일과였는데
한 달에 두세 번 이런 일이 있었으니
온 동네가 떠나갈 듯

이년들아 내가 하루라도 거른 적이 있어. 왜 술값 안 줘-

물론 동네 사람들은
두 부인이 그 남자 몸 상할까봐 돈을 안 줬다는 것을 다 알고 있어
그냥 키득거리다 들어가는데
이 유치찬란한 풍경이 사십 년이 지나
날로 상큼해진다

방범등 밑에서 염치廉恥가 없을 수밖에 없는
수컷 한 마리가 외치던
왜 술값 안 줘-
그러면 작은댁이 나와
조용조용 달래서 들어가던 풍경

입추立秋

확 붉었으니

오늘 저녁 삼양분식집에서 7시에 만나요
남학생의 쪽지
두근거리는 가슴으로
거울을 몇 번이나 보고 나풀나폴 나갔는데
분식집에 나타난 친구 깔깔깔 웃던
삼십 오년 전
장난 편지처럼

아직 말로만 왔거나
혹은 내 마음에만 왔거나
저, 붉을

웃음에 대해

온통 웃음바다였다
통학생을 쏟아놓은 버스 정류장에서
아얏! 여학생
갑자기 넘어졌고
치맛자락 훌러덩 올라갔고
황급히 허벅지가 가려졌고
순간, 큰 사고는 아니라고 안도하는 눈길들 앞에
책가방과 흩어진 순정 만화책들
터지던 웃음
휘파람 소리
발딱 일어났지만 이미 엎질러진
방년 십팔 세 세칭 '쪽'
한동안 웃음거리던 그 시간이
어떻게 사라졌는지는 아무도 기억하지 못하지만
삼십오 년이 지나 동창회 갔을 때
왜 하필 그때 만화책이 쏟아졌는지-
다시 한바탕 찾아온 웃음
가끔 궁금하다
웃음이 살고 있는 곳이

눈깔땡보가 놀러 와서

남편에게 안약을 넣어달라고 했는데
눈깔땡보해서 넣으라고 한다
이십 년을 넘게 같이 살면서 처음 들어보는 이 용어
도대체 눈깔땡보가 뭐냐고 물으니
담쟁이 넝쿨 줄기를 성냥개비만 하게 잘라
눈꺼풀 양쪽을 밀어 올리게 하여
눈을 왕방울만 하게 만드는 것이라며
그 점잖은 남편께서 손가락으로 시늉을 해보이며
어릴 때 자기들은 그러면서 놀았다고 하더니
갑자기 웃음보가 터진 것이다
눈꺼풀을 아래위로 벌렸으니 눈알이 왕방울처럼 보일 테고
그래서 '땡'그랄 테고 뚱딴지같은 바보라는 의미에서 '보'라고 했을까
머릿속에 그리면 그려볼수록 웃음이 터지는데
눈깔땡보 눈깔땡보 입에 착 달라붙는다
아이들 입에서 생겨나서 한동안 아이들과 재밌게 놀다가
아이들 다 떠나보내고 혼자 사십 년을 살다가
중늙은이 된 친구 집에 놀러와 여직
눈깔땡보! 눈깔땡보! 하며 뛰논다

다랑이 논

다랑이 논을 보다가

그냥 문득 어머니가 끼던

벗어놓은 틀니가 생각났다

색깔도 모양도 틀니와 비교할 것은 아니지만

왜 그런 생각이 떠올랐을까

아무튼 이 산 하나가

어머니가 중하게 생각하던 틀니를

차곡차곡 많이 쌓아놓은 것이라고 생각하니

괜히 마음이 부드러워진다

꼭대기 파란 하늘도

웃고 있는 어머니 같으니

저 높이까지 살림 일구어 가신

어머니의 틀니

나 그 입으로 잘게 씹어 준

밥 먹고 살았으니

12월의 벌을 위해

12월인데도
구철초가 여기저기 피어 있다
화제는, 꽃이 있으니 벌도 있을까 였고
찾아보기로 했다

있다, 꽃 위에
코앞까지 다가가도 날지 않는다
앉은 자세를 바꿔가며
몸통은 쉬지 않고 움찔거린다
마른풀로 건드려보니 날아갈 생각을 하지 않고
몸을 움츠리며 꽃에 달라붙는다
죽은 척 하는 건가 싶어
떨어져 한참을 보니
앞다리를 오므렸다 펴더니
다시 움찔거린다

꽃이 있으니 벌이 있다고 말하려다가
두려웠다 삶이 이와 같다는 게

집채만 한 벌을 보았던 날

꼬마 여자 아이와 눈이 마주쳤다
내 눈에서 눈길을 떼지 않고 살금살금 걸어온다
내가 키를 낮추자
두 손 모아 귓속말한다
“저기에 커-다란 벌이 있어요 조심하세요”
나도 아이의 귀에 아주 작게 말했다
“알-았-어”
아이처럼 살금살금 걸어가 본다
발톱만 한 채송화 꽃에서 사루비아 쪽으로
벌 한 마리가 부웅-
날아가고 있는 중
정말 집채만 하다
아이에게 눈길을 주자
쉬-하는 손동작으로 빨갛게 상기된 얼굴의
아주 작은
아주 작은
나였다

그 단맛

어느 날부터 간장 맛이 달다
특별난 것 없이 그 간장 그대로인데
설탕 맛도 아니고 입에 착착 달라붙는 게
어머니 평생에 담았던 간장 중에 최고라고 했다
할머니는 연신 손으로 간장을 찍어 간을 보시고
참 달다 달다 하셨다
국이고 나물 반찬이고 그 간장으로 한 음식은 맛이 있었다
동네 사람들도 귀한 날이면 얻어가곤 했다
어느 날 커다란 장독을 옮기게 되어 조금 남은 간장을 퍼내는데
바닥에 커다란 뱀이 녹아 있었다

뭉특한 시

오래 시를 쓰면
깊어진다고 하는데
난 뭉특해졌다

칼이 없어 다시 깎지 않는 4H연필처럼
칼을 기다리는 문맹처럼
뭔가를 기다리는 것과 기다리지 않는 것이 비슷한
폐경을 몇 년 지낸 어느 날 오후처럼

깊이
없이
고적한

벚꽃, 승천昇天

오는 길도 하나고
살 때도 하나로 살지만
죽음 그 너머는
허공이 전부 길이어서 우리 엄마
어디로 가셨나

봄바람이 마지막 남은 겨울을 데리고
벚꽃, 진종일
날리는 날
어디를 향해 엄마를 부를까
저 꽃잎 어디로 갈까

내 생각 뒤 어떤 푸르고 푸른 하늘만 있어
어디 꽃바람 이는가

지극한 안부

까맣게 잊고 있던 사람이 갑자기 떠올라
길을 물을 때 있다

학교 들어가기 전
친구의 곱추언니
고무줄 할 때도 공기놀이 할 때도
동생을 따라나와
우두커니 자리를 지키고 있었다
동생이 지청구를 줘도 그냥 헤실헤실 웃기만 할 뿐
거의 말이 없었던 것 같다
어느 날부턴가 보이지 않았고
더 이상 묻지 않았다

사십 년 전에 사라졌던 풍경
왜 생각났는지 알 수 없지만 나를 향해 웃는다
지극한 안부처럼

아무것도 욕심내지 않는
조심조심 사람 뒤로 사라지는
어떤 흔적도 남기지 않는

:: 발문

어둠이 굽이치는 운동성과 즐거움

최희철 (시인)

고통을 잊는 방법은 두 가지다. 하나는 당하고 있는 고통보다 더 큰 고통을 불러오는 것이다. 또 하나는 고통과 질적質的으로 다른 '즐거움'을 불러오는 것이다. 아마도 더 큰 고통을 불러오려고 하는 사람은 거의 없을 것이다. 살아가면서 부딪히는 일에 무관심無關心하거나, 우상偶像에 빠지거나, 편견偏見에 사로잡히는 것은 순간 매우 짜릿한 즐거움 같지만 사실은 고통을 배가倍加시키는 일이다. 그리고 그들은 모두 동전의 양면이며 도미노 현상처럼 우리의 삶을 무너뜨린다.

무관심은 자기중심성을 세우는 것과 자신의 외부를 보지 못하는 것이다. 가령 늘 지나다니며 보고 있다고 생각했던 가로수의 새로움을 보지 못하는 경우가 그것이다. 그것은 어쩌면 못 보는 것이라 할 수 있을 것이다. 매일 보고 있음에도 말이다. 무관심은 무관심에 그치지 않고 큰 재앙으로 이어지는 경우가 많다. 정치적 무관심 같은 것 말이다. 많은 사람들이 무관심을 '여유'로 착각하지만 반드시 부메랑이 되어 돌아온다.

우상에 빠지는 것은 약물에 중독되는 것과 비슷하다. 이것은 '원인과 결과'의 결정성에 대한 맹신에서 오는 것이고, 현실에 대한 허무주의에서 비롯되는 것으로 보인다. 현실의 고통을 잊겠다는 것으로 여겨지지만 그렇게 함으로써 고통은 더 가중된다. 우상을 고통을 견디어내는 '열매'로 착각하는 경우가 많다. 하여 고통을 자신의 내부로 불러들여 도그마로 만들곤 한다. 하지만 짓눌림이 커질수록 삶은 더 납작해질 뿐이다.

편견에 빠지는 것은 고통을 불러오는 완성판이라 할 수 있을 것이다. 무관심과 우상에 빠지는 것의 결과가 편견이다. 오직 하나의 법칙이 있으며 영원히 변하지 않는다고 생각한다. 이 모든 것들은 '이원론'에서 시작되었다. 물론 이원론적 발상도 완전한 악惡은 아니다. 세상엔 완전한 악이나 선善은 없다. 오직 더 좋은 것, 더 나쁜 것만 있을 뿐. 그게 바로 윤리이며 그것은 삶에 대한 '정도程度의 차이'를 말하는 것이다.

처음에 '고통을 벗어나기 위해 더 큰 고통을 불러오는 사람은 거의 없을 거'라고 말했다. 하지만 아이러니하게도 그런 방식으로 세상을 사는 경우가 많다. 고통을 벗어나기 위해 더 큰 고통이 될 씨앗을 불러오는 방식 말이다. 그게 바로 '무관심, 우상 숭배, 편견'에 빠지는 방식으로 생각하고 실제로도 그렇게 행동하는 것이다.

그렇다면 즐거움을 어떻게 불러오느냐가 중요할 것 같다. 그 중 하나가 이성理性을 잘 이해하고 올바로 세우는 일일 것이다. 이성을 이해하고 세우는 일이 즐거움이라 한다면 그것은 '지혜를 사랑하는 일' 즉 '철학'哲學과 같은 것 아닐까? 더불어 그것은 냉철한 이성으로 세상을 바라보고 살아가야 함을 말하는 것이기도 하다. 문제는 그런 철학하는 방법이 다양할 수 있다는 것이다. 이른바 다양한 방법으로 '철학하기'인데 그중 하나가 '시'詩와 관련된 일이라 생각한다. 여기서 중요한 것은 '방법론'이다. 즉 누군가 중심이 되어 어떤 것을 규정하거나, 기존의 것을 정리하는 것이 아니어야 한다. 그것은 발견이 아니라 '발명'하는 것이어야 한다. 그리고 그것을 위해 끝없이 '실험'하는 것이다. 시가 '말하기 방식' 중 하나라면 텅 빈 공간에 대고 말하는 것은 아닐 것이다. 시를 적는다는 것은 기존의 수많은 시선들을 걷어내고 말하는 것이고 그러므로 발명이면서 동시에 실험이라고 할 수 있을 것이다.

조문경의 시는 그렇게 읽혔다. 물론 읽어낸 것과 시인이 시를 통해 말하고 싶었던 것이 동일하지는 않을 것이다. 시를 읽으면서 그동안 우린 '무관심, 우상숭배, 편견'에 깊이 빠져 있었던 것은 아닌가 하는 반성을 하게 되었다. 「自序」를 보자.

혼자 어머니의 임종을 지키면서도 시를 생각했다
천하의 나쁜 딸처럼
시를 낳았다
시는 원죄原罪 같다
슬프다는 말도 죄스러웠다
—「自序」 일부

"시를 낳았다"고 하고 그게 "원죄 같다"고도 했다. 그게 '근친교배'近親交配를 통한 '능산적能産的 산물'로 읽혀졌다. 우린 늘 어머니 즉 본성本性로부터 무언가를 건져낼 수밖에 없다. 시는 그렇게 끈적끈적한 곳에서 피어나는 꽃이다. 윤리의 두꺼운 바닥 밑에 가려진 '진창' 같은 곳 말이다. 시인은 우리의 삶이 그 진창에 발을 딛고 있는 것을 아는 것 같다. 그런 의미에서 '근친교배'는 어둠 속에서의 뒤엉킴만으로 끝나지 않고 늘 새로운 것을 만들어 내곤 한다. 그게 바로 시인의 말하기로서의 즉 시가 아닐까. 하지만 그것은 죄스러움일 수도 있다. 마치 어미가 자식에게 별 해 준 게 없어 늘 죄스러운 것처럼 하지만 그곳에 주저앉아 울고 있을 수만은 없다. 그게 바로 시인으로 하여금 시를 쓰게 하는 힘이 되었을 것이다.

1. 명징明徵한 것들 이면에 있는 진실

조문경의 시는 명징한 것들의 이면에 있는 사물이나 사건의 관찰을 통하여 그 모두를 부드럽게 소화시키려는 의도가 보인다. 이른바 새로운 사태로의 전개인데 시가 새로움을 발명하는 것이라면 시인의 시도는 유효한 것으로 보인다. 「환풍기 빛처럼」을 보자.

대중목욕탕이다
여자의 어깨에서부터 발가락까지
움직임에 따라 빛이 뱅글뱅글 돌아간다
천정 가까이 있는 환풍기 틈으로 들어와
바람개비 문양으로
노니는 빛의 춤
여자가 일어나자
빛이 엉덩이에 닿아 돌아간다

그 빛
그 부위

뚫어낼 듯한
숨가쁜 빛남

빛도 아니고 몸도 아닌
그 사이
音律
―「환풍기 빛처럼」 전문

대중목욕탕 환풍기 틈으로 들어온 "뱅글뱅글" 돌아가는 빛이다. 그것은 여자 엉덩이를 비추면서 다시 살아난다. 모든 것을 뚫어 낼 것 같은 "숨가쁨"이다. 이것은 빛에 대한 이야기이지만 사실은 어둠에 대한 이야기로 읽힌다. 빛은 오직 어둠을 드러내는 것만으로 만족해야 하니까. 왜냐하면 어둠이 없다면 빛도 있을 수 없으므로. 흔히 '어둠은 빛을 이길 수 없다'고 말하지만 결코 빛은 어둠을 이길 수 없다. 왜냐하면 어둠은 우주의 바탕화면이기 때문이다. 빛은 오직 어둠 속에서 잠시 주어진 시간을 즐거워 할 수 있어야 한다. 그러므로 빛은 늘 "뱅글뱅글" 돌아가는 것이다. 그게 우리에겐 "숨가쁜 빛남"으로 보이지만 빛은 오직 어둠을 통해서만 존재할 수 있다는 것을 증거 하는 것이기도 하다. 하지만 빛이든 어둠이든 오직 하나만 존재할 수는 없다. 우리는 그것을 중도中道적 입장에서 볼 수 있어야 한다. 그래서 시인은 "빛도 아니고 몸도 아닌 그 사이 音律"이라고 노래했다.

2. 모든 삶은 진창을 딛고 있다.

옆 사람도 눈물을 자아내게 하는 어머니의 곡소리였다 친척집도

아니고 아는 사람도 없었다 왜 그리 슬피 우는지 알 수가 없었다
누가 죽었는지 알지 못했다 그리 슬프게 곡을 하다가 고개를 돌
려 빨리 먹으라고 나만 듣게 눈짓을 하셨다 한참이나 곡을 하며
울다가 고개를 돌려 살짝 웃으며 많이 먹었냐며 소근댄다
—「우리는 다 배우다」 일부

시인은 우리의 삶이 어김없이 진창을 딛고서 이루어짐을 보여 준다. 다만 그것을 모르거나 인정하려 하지 않을 뿐이다. 하여 우리 삶 속에서 일어나는 모든 사건들은 그 진창을 시인하는 것이거나, 진창에서 빠져나오려고 하는 몸부림이다. 그러기 위해 우리는 배우가 되어야 하는데, '배우처럼'이 아니라 직접 배우가 되어 "울기도 하고 웃기도" 해야 한다는 것이다. 그게 "늘 제 기쁨을" 위한 것 즉 자신만을 위한 삶 같기도 하지만 삶의 끈기에 몸을 수그리는 일이라고도 해야 할 것이다. 만약 그런 게 없다는 삶은 얼마나 건조하며 동일성同一性에 허덕일 것인가. 그것이야말로 삶을 한걸음씩 앞으로 나아가게 하는 힘이 되는 것 같다.

스르륵
모든 시선을 끌고
가는 것이 아니라 뚫고
뚫는 것이 아니라 정적을 창조하며
—「우아함에 대하여」 일부

뱀의 운동성을 노래했다. '구렁이 담 넘어간다'는 말이 있다. 흔히 부정적 의미로 쓰이는 말이지만, 담이 어떤 공간을 분할하는 칸막이를 의미한다면 구렁이는 그런 딱딱한 규정을 액체처럼 넘어간다는

의미가 있는 것 아닐까. 그의 시가 명징한 사태의 이면에 있는 사물이나 사건의 관찰을 통하여 그것들 모두를 부드럽게 소화시키려는 의지가 보인다고 했었다. 더구나 뱀이 움직일 때마다 새로운 지평을 만들어 내는 것을 보라. "시선을 끌고" 가는 게 아니라 "뚫고" 가고 뚫고 가는 게 아니라 "정적을 창조"하면서 가는 것 말이다. 양적量的 이동이 아니라 '질적'質的 변화 같은 것이라고 해야 할 것이다. 그래서 차라리 "우아"하게 느껴지는 것이다.

3. 경계에 대하여

껍질과 속은 분명 다르다
하지만 속과 붙어 있어
어디부터가 껍질인지 딱히 나눠지지 않는다
경계란 너무 임의적이라고 생각했지만
어떻든 다름이 속을 감싸고 있었던 것
칼을 대자 과즙이 탁 튄다
칼이 들어가자 손으로 과즙이 흘러내린다
—「배를 깎다가」 일부

경계는 늘 분명하지 않은 것 같다. 하지만 둘은 구별된다. 분할되지는 않으면서 구별되는 경지가 바로 경계이며 "껍질과 속"이 그렇다. 모든 게 그렇게 뒤섞여 있다. 만약 껍질과 속이 완전히 분할된 것이라면 그들 둘은 존재하기 어려울 것이다. 실제로 실재實在하는 것들은 모두 이런 상태라고 해야 할 것이다. 엄밀하게 말해 분할할 수 있는 것은 존재하지 않는다. 존재하는 모든 것은 구별은 가능하지만 분할

할 수 없는 상태로 존재한다. "껍질과 속은 분명 다르다/하지만 속과 붙어있어 어디부터가 껍질인지 딱히 나눠지지 않는다"가 바로 그런 상태인 것이고 그게 바로 시인이 깎고 있는 '질적質的 세계'로서의 '배'다. 그들은 뚜렷한 경계가 없으면서도 과육의 과즙을 함유하고 있다. 시인은 그게 꿀과 같다고 했다. 그 꿀은 다시 씨앗의 양식이 되고 씨앗은 그걸 먹고 새로 태어날 경계의 '역능'力能을 저장하는 것이다.

「소사나무숲」에서의 "소사나무 방풍림防風林"도 그런 역할을 하는 것 같다. 방풍림에서 방防은 방어한다는 의미지만, 실제로 방풍림이 있는 곳에서는 방어보다는 '경계'라는 의미가 더 짙어진다. 그곳에는 몽환적인 움직임이 늘 존재한다. "휘몰아치고/휘어지고" 그들은 모두 "곡선"이다. 그리고 "격정"이다. 분할되진 않지만 구별이 가능한 모든 경계가 그렇지 않을까? 시인이 본 소사나무는 누군가를 누구를 배격하는 '이원론'의 세계가 아니다. 그들은 모두 엉켜있다. 하여 우리가 분할해 왔던 세계를 다시 끈끈하게 이어주는 작업을 한다. 하여 "소사나무 방풍림防風林에 들면 바닷바람도 순해져"버린다. 서로에게 적이 없어져 버리는 것이다.

「소리쟁이」에서는 잡초라 불리는 풀들도 "강인한 군인들"처럼 쭉쭉 자란다. 이른바 살아있음의 경계를 만들어내는 것인데, 언 듯 보기엔 아무 곳에서나 피는 것 같지만 그들은 정말 딱 맞게 살아간다. 그들은 우리가 궁금해 하는 의문을 "의문이 일어나지 않게" 살아간다. 그게 그들의 삶이며 "진초록으로 부딪치며/더 강렬하게" 자라는 힘이 아닐까. 즉 모든 힘은 '경계'에서만 나올 수 있는 것 같다. 우리가 사는 세계는 그런 경계로 가득하다. 구별 가능하지만 분할되지 않는 그 무엇들 말이다. 그게 때론 궤도로 보여질 수도 있겠지만 그것은 결코 '홈 패인 공간' 아니다. 가령 '소수자'들도 그렇게 보아야 하지 않을까. 그들 역시 우리와 다른, 구별이 가능하지만 결코 '분할'해서는 안 되는 존재들이니까 말이다.

4. 한마디로 모든 것을 표현하는 어머니

누워만 계시던 어머니가
말을 잊었다
딱 한마디 할 줄 아는 말이 '중우'다
(그게 무엇을 뜻하는 말인지 나는 알지 못한다)
처음엔 그저 답답했다
그 소리가 뭐냐고 다그치면
어머니는 그마저 닫으신다
그렇게 몇 달이 되자
'중우'는 모든 말이 되었다
어머님이 '중우'하시면
내가 아들을 말하는 거냐 물으면 고개를 끄덕이고
밥 먹고 싶다는 말이냐면 눈을 꿈벅거린다
마치 아기가 한마디만 할 때도
그 어머니가 다 알아듣듯이
어머니에게는 '중우'가 모든 말이다
때로는 말이 없어도
더 깊이 아는 관계가 있다

어머니가 '중우'하자
어머니를 일으켜 지금 화장실을 가고 있다, 나는
—「한마디가」 전문

'중우'라는 말을 찾아보니 '많이 어리석은 사람들'이란 뜻이 있었다. 그게 어쩌면 우리의 어리석음에 대한 일갈일지도 모르겠다. 시에서 "중우"는 어머니의 세계관이 집약된 말 같기도 하다. 오직 하나의 말밖에 할 수 없지만 그것으로도 충분한 것 말이다. 우린 여러 가지 방식으로 세분화하여 의미를 전달하려 하지만 잘 안 될 때가 많다. 하지만 오직 "중우" 하나만으로도 세상을 다 함유하는 아니 그러고도 오히려 넉넉하게 남는 세계관이라고나 할까.

이 지점에서 스피노자의 '실체實體와 양태樣態'의 관계가 떠올랐다. 양태는 다양하지만 실체는 오직 하나일 뿐이다. 그걸 하나 둘, 양적 관점으로만 생각해 버리면, 많이 부족할 것 같지만 질적 관점으로 보면 충분하다. 삶도 그렇다. 우주적 시간에 비하면 매우 짧은 시간으로 여겨지지만 삶은 질적인 것이기에 늘 충분하다. 왜냐하면 그건 크기의 문제가 아니기 때문이다.

「길은 많지 않다」에서도 시인은 "지금 할 수 있는 일은 늘 딱 하나다"고 했다. 길은 하나다! 그곳에서 모든 게 이루어진다. 모든 길이 하나로 모인 그곳에서 다시 갈라져 나간다. '하나'란 여러 개 중 한 개라는 뜻이 아니라 유일唯一하다는 의미이므로 늘 존재하는 것이라고 해야 할 것이다. 이것은 하나가 권력을 독점하고 있다는 의미가 아니다. 하나이면서 수많은 의미를 생산해 낼 수 있는 잠재적 능력을 가졌다는 의미이다. 마치 「굴업도 성당」의 "세상에서 가장 한가하신 하느님" 같이.

5. '이다', '아니다'의 세계관

베란다 창밖이 어룽거린다

내다보니 벚꽃 군무
하늘로 솟구치고 빙빙 돌기도 하고
고요하게 팔랑이며
빛의 숨결로 떨어지기도 한다
정신을 쏘옥 빼 가는
저 허공의 꽃
아니 찰나의 꽃
집을 나와 보니 배수로 쪽으로 미답未踏, 연분홍 꽃길
맨홀 속에 벚꽃이 가득하다
오, 맨홀을 가득 채워
화병으로 바꿔버린 벚꽃이여!
자동차 앞 유리창에도 꽃잎이 붙어있는데
꽃의 속살 눈부시다
눈부시다 속살 번지는 분홍빛
황홀해진 나는 까마득한 소녀가 되었으니
적는다, 그 꽃잎 엽서에

벚꽃은 지는 것이 아니라
벚꽃나무를 떠나 당신의 꽃으로 피는 것이라고
—「벚꽃이 진다고 말할 때 실은 피고 있는 것이다」 전문

우린 모든 게 시작이 있고 끝이 있다 생각한다. 하지만 그건 무엇의 양 끝단을 잘라내지 않고는 생각할 수 없는 세계관이다. 즉 끝이라고 생각했을 때 그것은 시작이며, 시작이라고 생각했을 때 그것은 사실 끝이다. 이처럼 시작과 끝은 마치 뫼비우스의 띠처럼 연결되어 있다. 그것은 세계가 결코 분리될 수 없음을 말한다. 어찌 시작이 없

는데 끝이 있을 수 있으며 끝이 없는데 시작이 있을 수 있겠는가. 시작과 끝은 동전의 양면이다. 그것과 더불어 시작과 끝은 전체화면이라고 할 수 있을 것이다. 우리가 어떤 상황에서 구체적인 사물이나 사건을 잘라낼 수 없듯 시작과 끝은 그렇게 동시에 존재하는 것이다. 그러므로 시인은 "벚꽃나무는 지는 것이 아니라/벚꽃나무를 떠나 당신의 꽃으로 피는 것"이라고 노래할 수 있는 것이다. 그렇다, 벚꽃나무의 피고 짐은 그 벚꽃나무에서 끝나는 게 아니다. 벚꽃나무에서 시작하는 것은 같지만 사실은 세상을 뒤덮고 있는 기운 같은 것이라고 할 수 있을 것이다. 이것은 벚꽃나무의 살아있음이란 벚꽃나무뿐 아니라 그 주변과 함께 살아 있음을 의미한다. 그것은 '경계'의 의미로도 연결된다. 즉 어디까지가 벚꽃나무이고 어디까지가 벚꽃나무가 아니라고 할 수 없다는 말이다. 그러므로 하나의 벚꽃나무는 자신의 온 몸 전체는 물론 자신이 생육하는 시간 더 나아가 자신의 주변들과 늘 한 덩어리가 되어야 한다.

「목련」에서 시인은 "젊은 수녀처럼/봄을 가둔 목련"이라고 했다. 놀랍도록 충격적인 '통찰'이다. 존재하는 모든 것들은 이렇게 전체를 자신의 몸에 가두고 탄생한다. 시를 창작하는 일도 그런 것 아닐까? 이때 '가둠'이란 어떤 것을 꼼짝 못하는 게 하는 의미가 아니라, 그것들과의 관계 속에서 "팽팽한" 긴장 관계를 유지하고 있다는 의미이다.

「생의 한가운데」에서는 "이 고비만 넘기면 된다"고 했다. 고비는 길이 모여 다시 갈라지는 지점일 수 있다. 하여 모든 게 그곳으로 밀미암아 생겨나는 것 같다. 이렇게 고비에 집중할 수 있을 때 모든 게 동시에 해결될 것만 같은 믿음이 생긴다. 마치 밤길을 걷다가 자신이 들고 있는 촛불이 한 줄기 바람에 꺼져, 막막했던 세상이 환하게 열리는 깨달음처럼.

「봄 흙」에서는 단단한 것 같지만 "팍 부스러"져 흘러내리고 그렇게 흘러내려야 새 생명을 움트게 할 수 있다는 것을 보여 준다. 이렇게 자신을 다 내어 주어야 세상이 열리고 돌아간다. 자신이 움켜쥐고 있으면 아무 일도 일어나지 않는다. 자신 속에 자신의 정체성으로 가득할 때 그곳으론 아무것도 들어올 수 없으므로 아무 일도 일어나지 않는다. 하지만 자신을 비우고 바보처럼 웃고 있을 때 그 빈 곳으로 세상의 빛이 들어와 역사가 이루어지는 것이다. 이게 생명 탄생의 모습이 아닐까. "봄을 가둔 목련"의 팽팽함과 딴딴함도 그런 것이라 할 수 있을 것이고, 그것들 역시 '영원회귀'를 하게 될 것이다. 그게 일종의 문턱으로 여겨진다. 딴딴함은 무너지고 그 무너짐이 또 새로운 딴딴함을 만들어내고 하는 것 말이다. 그런 것들이 모여 있는 곳이 경계이고 그 경계는 고비를 수없이 넘기면서 새로운 길들을 만들어내는 것이다. 지금 우리도 어디엔가 고정되어 있는 게 아니고 그런 분기점에서 살아가고 있다고 해야 할 것이다.

6. 어둠은 삶이 건너가야 할 매듭이다.

낮에 본 모든 것을 잊으시라
황홀하게 물든다는 것은
오늘에 눈멀어 내일로 가는
제의祭儀 같은 것

삶이 삶을 건너는 매듭
—「낮에 본 모든 것을 잊으시라」 일부

가장 먼저 보이는 게 빛이지만 빛은 조금 전까지 어둠 속에 있었다. 어둠이 몰려와야 다시 빛들이 움틀 수 있다. 어둠은 "매듭"이다. 어둠은 마치 「굴업도 성당」에서 말하는 "가장 한가하신/하느님" 같기도 하다. 너무 작고 오래되다 보니 그것들이 움직이지 않는 것처럼 보인다. 텅 빈 세계가 내재해 있다. 하지만 아무것도 없다고 생각했던 '어둠과 한가함' 그리고 텅 빈 세계가 하나의 매듭이 되어 더 큰 세계를 만들어 내는 것이다. 그러므로 우린 "낮에 본 모든 것을" 잊어야만 한다. 낮의 잔상殘像에 매달려 있으면 안 된다.

7. 특이점과 특이성

나이트클럽에서 부킹한 남자와 술이 거나해져 그 남자 차를 타고 가면서 술김에 돈도 없이 혼자 사는 이혼녀라 말하게 되었는데 모텔 앞에서 차를 돌리더란다
봄 나올 구멍이 아니라서
—「**春似不來春**」 전문

둘이 모텔로 들어가 버렸다면 시는 만들어지지 않았을 것이다. 그녀가 아무것도 없는 개털 이혼녀라 말한 게 사건의 질적 전환점이 된 것이다. 우린 살아가면서 이런 질적 전환점을 많이 만난다. 그게 우연 같지만 어쩌면 필연이고 새로운 사건이 분출되는 지점이다. 단순히 입에서 발화發話한 말에 그치는 게 아니라 사건을 만들어내는 지점이라는 것이다. 가령 자연의 순환으로 '봄'이 오는 것도 그런 게 아닐까. 아주 작은 것이지만 시간의 문턱을 넘어 가는 것 말이다. '선데이 서울'에나 나올 사건 즉 여자가 부킹한 남자와 술을 거나하

게 마시고 모텔로 가는 사건이, 새로운 사건을 발화發火시키는 '특이점'을 만나 시가 되는 일, 그게 바로 우리 살아가고 있는 삶이 아닐까 하는 생각이 들었다. 돌이켜 보니 우리의 삶도 이런 특이점들로 가득했던 것 같다.

「너의 가시를 존중하다」에서는 "보이던 보이지 않던" 묘한(?) 가시에 대해 노래하는데, 이것은 살아 있으려면 반드시 '특이성'特異性을 갖고 있어야 한다는 것으로 이해되었다. 그러므로 탱자나무 가시는 살아 있음의 징표일 수 있는 것이다. 즉 가시는 늘 탱자를 탱자이게끔 해 주는 그 무엇이다. 이게 없다면 그는 탱자일 수 없는 것이다. 이건 아주 당연한 것 같지만 실제로 우리는 특이성을 잃어버린 채 사는 경우가 허다하다. 그것은 시인이 노래한 "가시의 공격성에 대한 편견" 때문일지도 모르겠다. 특이성을 특이성으로 읽지 않고 '공격성'으로 읽어 버린 것 말이다.

'특이점과 특이성'은 '타자'他者들의 것 혹은 타자 그 자체라고 생각하는데 타자를 이해하지 못하는 것은 결국 이런 것들에 대한 편견이 쌓여 수렁에 빠진 것이리라. 설령 그것들이 우리를 공격하는 것처럼 여겨질지라도, 그것들 가까이에서 바라보고 존중하는 태도를 가져야 할 것이다.

8. 모든 것에는 뒤통수가 있다.

해바라기 뒤통수를 보았는가
뒷면을 보고 앞면을 떠올린다는 것이
불가능한 줄은 알지만
해바라기의 뒷모습은

뭔가를 단단히 틀어쥔
운명의 표정이 흐트러지지 않게
팽팽하게 당겨 묶은 초록 근육이다
포기를 모르는 고집스런 뒤통수를 연상시키기도 한다
그래서 황금꽃은 오랜 시간 표정 변화 없이
자신을 고지告知할 뿐인지도 모르겠다
이 세상과 함께 할 때 수없이 변하는 나의 표정
뒤통수 같은 것을 잃어버렸던 나에게
해바라기 뒷모습은 묻는다
삶의 방법이 아니라 존재 의미를
—「해바라기의 뒤통수를 봤다」 전문

당연한 이야기인지 모르겠지만 해바라기의 뒤통수는 앞면과 전혀 관련 없는 게 아니다. 오히려 앞면의 표정을 "틀어"쥔 것이라고나 할까? 시인은 "팽팽하게 당겨 묶은 초록 근육"이라 했다. 그렇다, 뒤통수는 앞면을 당기는 힘을 갖고 있다. 그것은 어떤 면에서 실험이다. 앞면을 어떻게 변형시킬 것인가에 대한 실험! 그것은 "환풍기 틈으로 들어"온 빛이기도 하고, 어둠처럼 삶을 매듭지어 주는 에너지이기도 하다. 그동안 우리는 앞모습에만 너무 매몰되어 살아온 것은 아닌지를 반성하게 되는 지점이다. 이처럼 "뒤통수"가 삶의 진짜 주인공이라면 '앞모습'은 화려해 보이지만 뒤통수의 '의태'擬態가 아닐까 하는 생각이 들었다.

이런 생각은 「적막寂寞도 누군가는 밀고 있을 것이다」와 연결된다. 아무것도 아닐 것이라 생각하는 것도 반드시 누군가가 밀고 있다는 생각 말이다. 물론 이게 '원인과 결과'의 관계는 아니다. 당연히 둘은 동시적이다. 하지만 홀로 존재할 수 없다는 걸 깨닫는 게 더 중요한 것 아닐까. 홀로 살 수 없기에 함께 사는 것이며, '함께 살기'가 비록 잠시 동안 아무것도 나아지는 게 없는 것 같아 보여도, 그 '살아가기'를 누군가가 밀어주는 '사연'이 존재하는 것이다. 그렇기에 아무리 사소한 것이라도 눈을 뗄 수가 없다. 사실 이런 생각은 시인의 시 전편에 흐르는 시 정신이라고 할 수 있을 것이다. 이런 게 없다면 우린 살아가기가 너무 힘들지 않을까.

그러므로 사소한 것들의 비슷함들은 지천에 널려있다. 그것은 아마도 우리 서로의 삶이 닮았다는 것으로 이해할 수도 있을 것이다. 가령「사람 사는 곳은 어디나 비슷하다」에서는 처음 보았지만 결코 낯설지 않은 풍경을 노래한다. 그래서 후라이팬을 파는 것도, 남편도, 낙천적인 것도, 재래시장도, 강이 흘러가는 것도 사람 사는 곳이라면 모두가 비슷해 보이는 것이다. 심지어 "삐걱거리는 의자 소리" 조차도 말이다. 하지만 그게 동일하다는 의미는 결코 아니다. 오히려 우리의 기억 속에서 건져 올리는 '차이'들이라고 해야 할 것이다. 차이들이 기억 속에서 '닮음'으로 작동하는 것이다. 그들이 만약 동일했다면 비슷해 보이지도 않을 것이다.

9. 관능의 연속체

숟가락을 보다가
혼자 목덜미를 붉혔다
얼굴이 비치도록 반질반질 얇은 쇠붙이
생각해 보니 하루에 세 번씩
내 입 속을 드나든 것이다
한 번도 의식되지 않은 채

참으로 숟가락은 관심 밖이었다
그릇도 몇 년에 한 번씩 바꾸면서
정작 내 입술에 닿는 것은
바꾸지도 않은 것이다
그게 새삼 신기해 들여다보니
입술에 닳아버린 쇠의 표면에
내가 통째로 들어 있는 게 아닌가
오늘 처음으로 빈 숟가락을 입 속에 넣고
곡면에 입술을 밀착시켜 쓰윽 빼본다
(부드럽지만 의식된다는 것의 이 불편함)
매일 이리 관능적인 동작이
모두를 먹인 것이다
—「숟가락의 관능을 생각했다」 전문

직선은 섹시하지 않다. 그러므로 섹시 혹은 관능은 '곡선'과 동의어라고 해야 할 것인데 그러므로 그 곡선으로 무언가를 먹는 것조차도 관능인 것이다. 사실 식욕과 성욕은 욕망이 계열화된 것일 뿐 다르지 않다. 하여 그것들은 모두 우리가 관능적이라 생각하는 지점들과 늘 닿아 있다. "입술에 닿아버린 쇠의 표면" 그리고 "곡면에 입술을 밀착시켜 쓰윽 빼"보는 것 등이 주는 관능의 감각을 느껴보라. 그런 것들을 다 나열하려면 이루 말할 수 없다. 입은 다양한 욕망과 접속할 수 있지만 가장 중요한 것은 우리의 일상이 이런 욕망들과 늘 연결되어 있다는 것이다. 다만 우리가 그걸 잘 감지하지 못하고 있을 뿐이다. 그건 왜 그럴까? 그것은 우리가 너무 두꺼운 '윤리'의 옷을 입고 있고 또 그게 너무 뒤틀어져 버린 것으로 보여서도 그럴 것이다. 뒤틀림의 정도가 일정 정도를 넘어서면 괴물로 여기거나 심지어 역겨

움을 느낀다. 하지만 그런 관능들은 아주 오래된 것이다. 다만 그걸 보는 데 무관심했을 뿐이다. 그렇다면 차라리 그걸 보지 못하고 있었다고 해야 할 것이다. 그러므로 쉽게 지나쳐 버릴 수 있는 반복적 일상에서 관능을 찾아낸 시인의 통찰이 놀라울 뿐이다.

「에곤 쉴레의 화보를 보다가」에서는 무언가를 보고 느낀다는 것에 대하여 노래한다. 무엇을 보고 느낀다는 것은 우리도 알지 못하는 사이에 인정해 버렸던 일정한 비율을 받아들이는 것일 것이다. 하지만 그 비율이 틀어졌을 때 그것은 괴기스럽게 보인다. 하지만 흔히 본다는 것은 비율에 대한 습관일 뿐 '실재'는 아니다. 물론 실재는 존재하지 않는다. 늘 우리가 보는 방식으로만 존재할 뿐. 그런 방식이라면 "열락과 환희"라 생각했던 것도 일상의 관습은 아닐는지. 그게 뒤틀어지면 그게 열락과 환희라기보다 고통처럼 여겨지지는 않을는지. 하지만 그런 상황은 우리의 "안과 밖"에 언제나 도사리고 있다고 해야 할 것이다.

그러므로 「그 수캇이 있던 풍경」에서의 "유치찬란한 풍경"도 상큼해질 수 있는 것이고, 「겨울 능선은 살아 있는 짐승이다」에서의 "아무도 절망하지 않는 까닭"이 될 수 있는 것으로 보인다. 만약 우리에게 욕망이 없다면 우리는 어떻게 살아갈 수 있을까. 그게 때론 우리를 부끄럽게 하는 황홀감으로 혹은 부끄럽지만 자신도 모르게 스스로 옷을 모두 벗어던지는 몰입으로 작동하는 게 아닐까. 그게 없다면 무슨 재미가 있을까. 하지만 우린 그 욕망을 잘 이해하려고 노력하는 수고도 있어야 할 것이다. 그걸 잘못 이해하면 자기중심적 인간이 될 수도 있으므로. 하지만 자기중심적 지점과 타자를 끌어안는 경계를 잘 이해한다면 우리의 몸속에는 왜 '욕망이라는 이름의 전차'가 숨겨져 있는지도 알 수 있으리라. 그런 의미에서 "이 년들아 내가 하루라도 거른 적이 있어. 왜 술값 안줘–"가 욕망의 자기 선

언처럼 여겨진다.

10. 웃음에 대하여

「눈깔땡보가 놀러 와서」와 「웃음에 대해」에서 시인은 웃음이 되는 것에 대해 말한다. 가령 우리에게 반듯한 것은 웃음을 만들어내지 못한다. 반듯한 게 빈틈을 보이며 무너지거나 오히려 반듯하지 않아야 할 때와 장소에서 반듯하려고 할 때 웃음이 터지는 것이다. "눈깔땡보"는 그런 반듯하지 않은 것들의 결합체로 보인다. 그러니까 웃음보가 터지는 것이고 오랫동안 세월이 지나도 웃음으로서 에너지를 갖고 있는 것이다. 웃음은 어떤 상황이 만들어 내는 것이지만 그 상황 역시 다른 상황들에 의해 만들어지는 것이리라. 뒤에서 밀고 있는 상황이 처음에 웃음의 원천이 아니었을지라도 그게 새로운 사건과 접속하면서 웃음이 되는 것이다. 그러므로 웃음에 대한 원천은 거의 무한하다고 할 것이다. 다만 그것은 아주 사소한 일상에 묻혀서 잘 드러나지 않을 뿐이다.

웃음은 자연스럽게 아이들로 연결된다. 「분수가 놀다」에서는 광화문 광장 분수대에서 뛰어노는 아이들을 노래하였다. 분수와 어울리는 아이들의 온갖 행동들, 정신이 없을 정도로 시끄럽고 즐거운 놀이들, 그 놀이들은 갑자기 '큰 하나'를 만들어 내었다가 다시 각자가 되기도 한다. 이른바 생명의 분출이다. 아이와 웃음은 떼려야 뗄 수 없는 관계일 것이다. 세상 모든 것을 얻고 깨달았다 할지라도 웃음을 모른다면 처음부터 다시 배워야 할 것이다. 극단적으로 말해서 삶은 웃음 그 자체여야 하고 우리가 배워야 할 것은 "눈깔땡보" 같은 웃음이 아닐까. 위에서 웃음이 아이들과 연결된다고 했지만 사실 웃음이란 게 어른들에게 더 필요한 것인지도 모르겠다. 웃음을 잃어가면서 아이 때의 기억들을 잃어가고 결국 푸석푸석하게 늙어가는 거니까 말이다. 그런 의미에서 시인은 세상엔 수많은 지점에 웃음이 숨겨져 있다고 노래하는 것 같다. 그야말로 세상은 분수처럼 분출되는 '웃음 바다'인 것이다.

11. 정상과 비정상

내 귀에
며칠 째 불편한 소리가 들린다
벌 소리 같기도 맥박 소리 같기도
어떤 때는 수돗물 소리 같기도 한데
신경이 쓰이다 고통스러웠다
마음이 고요해지면 더 크게 들린다
그러다 말겠지 하다가
결국 병원에 갔다
검사를 해봐야 알겠지만
달팽이관의 문제이든 어떻든
귀 안의 소리 이를 테면 혈행血行 소리 등이
엉켜서 만들어내는 복합소리라고 한다
정상적인 몸이라면 듣지 말아야 할
소리를 듣게 되어서라고
귀가 있어야만 다른 소리를 들을 수 있지만
귀가 귀 자체의 소리는 듣지 못해야 한다는 말
동백꽃도 가장 붉을 때 낙화하는 까닭을

결코 듣지 못할 것이다.

—「동백꽃이 가장 붉을 때 지는 이유」 전문

귀는 소리를 듣는 감각기관이다. 그러므로 귀는 당연히 귀가 아닌 다른 존재의 소리를 들어야 한다. 그게 정상으로 보인다. 하지만 귀가 비정상일 땐 귀는 그 소리를 다른 존재의 소리를 듣는 차원을 넘어 스스로 공명을 일으킨다. 그럼 비정상이란 본래 없었던 것인가? 그건 아닐 것이다. 본래 없었던 것은 없으니까. 그것은 아마 귀가 자신에(귀 자체) 대하여 비어 있은 게 아닐까 하는 생각이 들었다. 즉 귀가 공空하다는 것의 다른 표현 말이다. 하여 평소에 무엇이 공하다는 것을 알고 있긴 하지만 실천하는 게 어려웠는데 귀가 '비정상'이 되면서 그걸 알게 해 준 게 아닐까 하는 생각이 들었다. 사실 모든 존재는 스스로 자기 자신을 보는 게 매우 어렵다. 동백도 "자신이 가장 붉을 때" 즉 자신 그 자체를 보기가 어려웠던 것이다.

이것은 우리가 '비정상'이라 부르는 현상을 어떻게 보아야 할지를 말해 주는 것 같다. 우리는 대개 '정상'은 숫자가 많고 일반적(혹은 제대로 된 것)이라 생각하고, '비정상'은 숫자가 작고 특별한(혹은 잘못된 것) 것이라 생각하는 경향이 있다. 하지만 실제로 정상은 수많은 비정상들 중의 특수한 경우라고 해야 할 것이다. 즉 정상과 비정상에 대한 관점이 바뀌어야 한다는 말이다. 귀는 우리가 알고 있는 귀(정상적인 귀)이기 이전에 스스로 '텅 빔'으로서 수많은 소리를 포함한 자신의 소리 자체에게도 열려 있다는 것이다. 그게 우리가 비정상이라고 생각했던 때에 들리는 것이다. 이건 정상이라고 하는 지점에서는 결코 접할 수 없는 사건인 것이다.

더불어 이것은 '가능과 불가능'의 문제까지 생각하게 만든다. 우리는 들을 수 없는 것은 소리로 존재하지 않는다고 생각한다. 그것은 우리가 늘 우리의 귀를 중심으로 '소리'를 생각하기 때문이다. 하지만 우리의 귀로 들을 수 없는 소리는 물론 우리가 청각이라고 부르는 감각도 우리가 아닌 다른 존재들에겐 '청각처럼' 작동하고 있다는 것이다. 그러므로 우리에게 듣기가 가능한 것은 청각이고 불가능한 것은 청각이 아니라고 하는 생각도 바뀌어야 할 것이다. 이 역시 우리가 귀로 듣는다는 청각은 여러 가지 다양한 청각 중 특수한 경우일 뿐인 것이다. 더불어 감각은 오감五感처럼 몇 가지로 뚜렷하게 나눠진 것도 아니라고 해야 할 것이다. 물론 이게 우리의 청각이 중요하지 않다거나 필요하지 않다는 말이 아니다. 단지 우리와 같은 청각의 방식이 청각의 유일한 방식이라고 하며 안 된다는 것이다. 그것이 아마도 시인이 노래한 "귀 자체의 소리"가 아닐까 생각해 보았다.

12. 지천에서 서식하는 느낌들

「큰까치수염」에서는 "운명이 오는 쪽"으로 삶이 굳어질 수 있음을 노래하는데 삶은 찰나가 빚어내는 조형작품이 아닐까 하는 생각이 들었다.

「마른장마」에서는 사고를 친 아들이 구성해 낸 일상이 마치 "마른장마" 같다고 노래한다. 생각지도 못한 것들이니까. 그 속에서 오만가지 생각들이 들끓지만 그것은 밖으로 쉽게 표현되질 않는다. 그걸 기다리는 사람만 속이 끓는다. 자식 키워 본 사람들은 한두 번쯤 겪는 일이다. 이럴 때 해결책은 그저 "시간"이 빨리 가는 일 뿐이다.

「물방울, 그 휘황한 세계란」에서는 물방울이 갖고 있는 액체성에 대해 노래한다. 액체가 아니라면 어떻게 아이처럼 수많은 창조를 할 수 있단 말인가. 툭 떨어져 다양한 모양으로 변할 수 있는 것은 이미 아이의 마음속에 내재되어 있던 것이 아닐까 하는 생각이 들었다. 이때 물은 들뢰즈가 말하는 '기관 없는 신체'라 할 수 있을 것이다. 무엇이든 될 수 있는 잠재력 그 자체 말이다. 그것은 아이가 갖고 있는 창조력 그 자체와도 같은 것이다.

「재채기하는 사람을 흉내 내보라」에서는 어느 한 순간 몰입하는 장면을 노래하였다. 실제로 목에 생선가시가 걸린 적이 있어 그것을 빼내기 위해 재채기를 한 적이 있었는데, 그 순간 마치 중력 무게가 그곳으로만 작동하듯 소리와 함께 온몸이 빠져 나감을 느꼈다. 그것도 아주 빠른 속도로.

「유리집 여자」에서는 쉽게 빠져 나올 수 있는 것 같은 상황에서도 그걸 빠져 나올 생각은 하지 않는다는 걸 노래하였다. 그게 좋아서 혹은 습관처럼 엮여서도 아니다. 그것은 그 일에 억압되어 있지만 그래도 하나의 기둥처럼 가득 껴안고 있는 그 무엇이 있기 때문 아닐까. 그게 표면적으론 동네사람들이 "혼자 살지 저러냐"하는 것에 대한 반발심인지도 모르겠다. 모두가 혼자 살고 있지 않는데 혼자 사는 것처럼 보이는 것은 서글픈 것이니까.

「가을, 물들다」에서는 우린 미세하게 늙어가고 시간도 그렇게 간다는 것을 노래하였다. 모든 시간은 반복된다. 단지 너무 미세하여 그게 아무런 차이도 없이 지겹게 반복되는 것처럼 여겨질 뿐이다. 하지만 더디다고 여겼던 그게 우리를 여기까지 밀고 온 것이다. 마치 "오래된 영화 장면" 같다.

「바람이 예쁘다고 느끼기는 처음이다」에서는 세상 그 모든 것을 빋쳐주었던 하나의 의미, 그게 바로 바람이 아닐까 하는 것을 노래하였다. 그것은 아마도 바람이 형체가 없는 것처럼 제가 가진 게 하나도 없기 때문일 거다. 자기 것이 있으면 쉽게 다른 존재들을 밀어 줄 수 없을 것인데 말이다. 그런 점에서 바람은 아이 혹은 물과 같은 게 아닐까 하는 생각이 들었다.

「추분」秋分에서 “화장을 좀 하고 나오지”라는 말이 ‘거짓말 좀 더 하지’라는 말로 들렸다. 거짓말의 두께가 점점 두꺼워지는 걸 당연하게 생각하는 세상에서 말이다. 하지만 거짓말이 사라져 버리면 삶을 지탱하던 구조 역시 무너져 버리지 않을까.

「쓰레기통 속의 음식물을 보며」에서는 존재들의 전화轉化하는 모습을 보여준다. 가령 쓰레기통 속의 음식물은 모두 우리의 입과 관련된 ‘깨끗한’ 존재들이었다. 하지만 어느 순간 그것들은 버려야 할 것으로 변해 버렸다. 하지만 이런 변화 없이는 다시 우리 입으로 들어올 것들이 만들어지지 않을 것이다. 그러면서 우리는 사실은 자신이 그걸 “사랑하고 있다”는 생각을 슬쩍 개입시킨다. 감히 그렇게 하지 않으면 괜히 미안해져서 다시 무언가를 먹지 못할 것 같은 기분들 수도 있다고 생각한 걸까.

「목욕탕 풍속화」에서는 여자들의 그런 저런 몸들에 대해 노래한다. 단순히 노화되고 그냥 펑퍼짐하게 되는 게 아니라 다들 사연을 갖고 변해 가는 것 말이다. 사실 그게 풍요로움이 아닐까. 이처럼 조금만 시각을 바꾸어도 ‘풍요’가 도처에 출렁거림을 알 수 있다. 그래서 시인은 여자의 몸을 마치 “유화”와 같다고 노래하는데, 그들은 서로 뒤섞이고 때론 번들거리며 보는 이들로 하여금 끌어당기는 힘을 가지게 된다고 말한다. 진짜 그런 엉덩이들이 세상에 대한 사연 하나씩을 간직하고 있을 거라는 생각이 들었다.

「다 이럴까」에서는 혼자되신 어머니가 세상을 대하는 관점을 노래하였다. 우리가 아무리 복잡하게 여기는 것도 어머니는 당신의 세계관으로 바라볼 뿐이다. 그게 독선적이거나 단순하다고 뭐라 하지 말라. 그들은 단순함 속엔 우리가 그동안 거쳐 왔던 모든 복잡함이 스며들어 있으니까 말이다.

13. 그리고 바다에 이르다

오래 시를 쓰면
깊어진다고 하는데
난 뭉특해졌다

칼이 없어 다시 깎지 않는 4H연필처럼
칼을 기다리는 문맹처럼
뭔가를 기다리는 것과 기다리지 않는 것이 비슷한
폐경을 몇 년 지낸 어느 날 오후처럼

깊이
없이
고적한
—「뭉특한 시」 전문

비유가 적절할지 모르겠지만 어떤 성장률을 생각해 보자. 낮은 단계에서 일정한 단계까지는 성장 속도의 가파름이 놀라울 수 있다. 하지만 일정한 경지에 오르면 성장률은 상대적으로 떨어진다. 끝없이 높아진다면 놀라운 일이긴 하지만 그것은 거품일 뿐이다. 시도 그렇지 않을까? 깊어지고 날카로워지는 것보단 "뭉특해"지는 것 말이다. 그게 성장이 멈추었음은 결코 아니다. 목표점을 향해 가장 빠른 영법泳法으로 헤엄치던 것을 멈추고 이제는 큰 바다에 이르러 개구리헤엄으로 헤엄치고 있는 것이라고나 할까. 가령 "폐경"도 그렇다. 폐경은 '폐광'廢鑛이 아니다. 성장의 끝이 아니다. 삶이 뭉특해지면서 몸이 뭉특해 졌다는 의미다. 또한 그것은 부드러워졌다는 것일 텐데 부드러움 속엔 수많은 '깊이와 날카로움'들이 내재해 있다. 그걸 굳이 꺼내고 드러낼 필요가 있을까. "깊이/없이/고적한" 시간은 이미 바다 속에 들어와 있는데 말이다.

14. 감응에 축축하게 젖어 나도 변하다

조문경의 시들은 읽기 쉬웠다는 게 특징이라면 특징일 것이다. 쉽게 읽을 수 있었다는 것은 시가 독자 쪽으로 걸어 왔으며 그로 인해 많은 공감을 불러 일으켰다는 의미다. 시가 '말하기'의 방법론이라면 공감을 많이 불러일으킬 수 있는 시가 좋은 시일 것이다. 다만 여기서 공감이란 시인과 독자의 동일한 생각이 만났다는 의미는 아니다. 감응感應이라고 하면 어떨까. 새로운 것이 발명되는 과정에서 서로가 서로에게 배우는, 그래서 축축하게 젖어 '감흥'感興으로 나아가는 '공명'共鳴 같은 것 말이다.

그가 노래한 '뒤통수, 물, 아이, 웃음, 뱀과 어둠 그리고 여성의 몸, 성욕, 오직 한 마디, 경계와 욕망의 뒤섞임, 이다와 아니다, 그리고 적막과 곡선…' 이런 것들은 우리가 일상에서 흔히 볼 수 있는 것들이지만 의미를 쉽게 알아챌 수 있는 것들은 아니다. 차라리 가려진 것들이라고 하면 어떨까. 모두가 일상의 '비늘들'이라 할 수 있을 것이다. 굳이 들추어 보지 않으면 볼 수 없는 것은 물론 냄새조차 맡을 수 없는 것들 말이다. 저런 부스러기들이 모여 이루어지는 '일상적 삶'은 매우 단조로운 것 같으면서도 단단한 껍질을 갖고 있다. 그래서 그걸 깨기가 어려운 것이다. 일상은 지겨우리만치 천천히 움직인다. 그래서 늘 동일한 것들이 하품을 하고 있는 것 같다. 그래서 놓치기도 쉽고 그걸 사랑하기는 더욱 힘들다. 하여 늘 잊는다. 결코 잊어서는 안 되는 것들임에도. 그게 누적되면 우리는 고통이라는 수렁에 빠지게 된다. 그땐 늦다. 그게 바로 '무관심, 우상숭배, 편견' 등이 아닐까. 하지만 늦었다고 할 때 다시 일어나자.

고통을 잊기 위해 더 심한 고통을 불러오는 게 아니라, 즐거움을 창조하는 게 중요하다면 시를 통해서도 그게 가능하리라. 그것은 아름다움이라는 본질을 복사하는 것도, 그것을 끝없이 은유隱喩하는 것도 아니다. 그게 아니라 창조 혹은 새로운 사태를 직면하게 만드는 것일 것이다. 이것은 시인이 중심이 되어 시적 대상을 규정한다는 의미가 아니다. 오히려 시인과 대상이 모두 해방되는 것인데 그것은 '관계들을 전복'함으로서 가능해 보인다. 그것은 기억했던 것들을 기억하고 새롭게 놓아 보는 것이다. 어쩌면 그게 '실험'으로 보일 수도 있겠다. 그것은 자신이 무언가를 대상화하는 것도, 자신이 대상에 의해 규정되는 것도 아닌 자신과 대상이 함께 뒤섞이는 것이라고 해야 할 것이다. 함께 탕탕蕩蕩한 물결이 되는 것이다. 그의 시들이 그런 작업을 통하여 꾸준히 '발명'되고 있음을 느꼈다. 하여 시를 읽던 나도 변했다. 동토凍土에서 3,000km를 쉬지 않고 날아온 새처럼, 그의 시편을 읽는 동안 질적質的 변화를 거쳐 어떤 '새로움'이 되었다는 말이다. 우리가 뒤섞여 사는 세상이 동일한 것들의 나열이 아니라, 끝없이 창조되면서 반복된다는 것을 깨닫게 되었다는 것은 큰 즐거움이라 할 수 있을 것이다.

그렇다, 모두는 늘 푸른 인연이었다.